www.tredition.de

AF204294

Josef Albert Stöckl

.....aus Kinderaugen leuchtet die hohe Weihnachtszeit

Advents- und Weihnachtsgedichte und -geschichten

www.tredition.de

© 2021 Josef Albert Stöckl

Verlag und Druck:
tredition GmbH, Halenreie 40-44, 22359 Hamburg

ISBN
Paperback: 978-3-347-39113-0
Hardcover: 978-3-347-39114-7
e-Book: 978-3-347-39115-4

Das Werk, einschließlich seiner Teile, ist urheberrechtlich geschützt. Jede Verwertung ist ohne Zustimmung des Verlages und des Autors unzulässig. Dies gilt insbesondere für die elektronische oder sonstige Vervielfältigung, Übersetzung, Verbreitung und öffentliche Zugänglichmachung.

Inhaltsverzeichnis

Christkindbriefe

Im Advent, da fliegen Engel
sie fliegen hin und her
sie sammeln Christkindbriefe
und Wunschzettel noch mehr.

So kommt so mancher Engel
vom Himmel dürr daher
fliegt mit Briefen aufgeplustert
zurück wie ein fetter Teddybär.

Nur schade, wenn mancher Engel
so einen Christkindbrief verliert
weil es drin im Engelskleide
den Wünschen zu eng wird.

So ein verlorener Wunschbrief flattert
zurück auf unsere Welt
und das Christkind ist verdattert
wenn es keinen Wunsch erhält.

So schweben dann vom Himmel
Wunschbriefe von oben her
es ist gar ein Gewimmel
als ob es Schneefall wär'.

Auch das Christkind sieht die Briefe
die fallen erdenwärts
doch das Christkind liest auch Wünsche
aus jedem Kinderherz.

Vom Esel der Heiligen Familie

In jener Zeit, da der römische Kaiser Augustus eine Volkszählung anordnete, begaben sich auch der Zimmermann Josef und seine hochschwangere Frau Maria von Nazareth aus hinauf zum Städtchen Bethlehem, welches der Geburtsort von Josef war. Da zu befürchten war, dass der Weg für seine schwangere Frau sehr beschwerlich werden könnte, beschloss Josef, sich einen Esel zuzulegen. Was aber für ihn gar nicht so einfach werden sollte. Sämtliche Einwohner des jüdischen Reiches waren unterwegs, um ihrer Pflicht nachzukommen, sich in die Listen ihres Geburtsortes eintragen zu lassen. Da ging es kreuz und quer, nicht nur in Judäa. Und mit einem Esel kam man leichter und schneller vorwärts als zu Fuß und die verkäuflichen Esel waren deshalb selten geworden.

Josef und Maria kamen erst nach langem Suchen zu einem Eselshändler, der ihnen nur den einzig verbliebenen Esel anbieten konnte. Dieser Esel war wahrlich keine Schönheit: Ein Ohr hing ihm halb geknickt herab, sein Fell war struppig und wie sein Blick glanzlos und stumpf. Sein Rücken wies etliche Narben auf, die wohl von den Stockschlägen früherer Besitzer stammten. Der Esel zeigte sich deshalb auch besonders störrisch; aufgrund seiner schmerzhaften Erfahrungen misstraute er jedem Menschen.

Der Händler wies darauf hin, dass der Esel äußerst hinterhältig sei: „Sobald Du Dich umdrehst und ihm den Rücken zeigst, schnappt er nach Dir und versucht Dich zu zwicken". Maria ging trotzdem auf den Esel zu, der sogleich zurückwich. Sie öffnete ihre Hand, in der sich ein Apfel befand, streckte sie dem Esel entgegen und wartete geduldig. Der Esel wurde neugierig und rückte in Richtung Maria vor, bis er sich vor der dargebotenen Frucht befand. Erst beschnupperte er den Apfel, dann nahm er diesen mit seinem Maul auf und verzehrte ihn schmatzend.

Josef und Maria beschlossen, den Esel zu kaufen. „Ich habe Euch gewarnt", rief ihnen der Händler noch nach, „passt auf, er ist ein hinterhältiges Vieh!" Der Esel aber ließ sich mühelos an der Leine führen. Beim Anblick von Maria wurde dem Tier warm ums Eselsherz: So eine zarte junge Frau und noch dazu im hochschwangeren Zustand! Und sie war einer der wenigen Menschen, die bisher gut zu ihm gewesen waren. Er wollte sie deshalb gerne auf seinen Rücken nehmen, selbst wenn sie ihm eine schwere Last werden sollte.

Wie aber staunte er, als sich Maria auf seinen Rücken setzte. Er spürte weder die Last von Maria noch die des ungeborenen Kindes. Und doch legte er eine vorsichtige und nicht zu hastige Gangweise an den Tag und Josef bedurfte keines einzigen Stockstreiches, um den Esel zum Gehen zu bewegen.

Als sie nun nach einigen Tagen in Bethlehem ankamen, wurde Josef und Maria auf der Suche nach einer Unterkunft mehrfach die Tür vor der Nase zugeschlagen. Sie fanden lediglich in einem Stall, in dem sich ein brummelnder Ochse befand, Unterschlupf und Wärme. Dabei ging es Maria nicht wirklich gut: Sie war müde und erschöpft und fühlte ihre Stunde nahen. Dennoch aber trat sie auf den Esel zu und kraulte ihn liebevoll zwischen den Ohren.

Noch in dieser Nacht setzten bei Maria die Wehen ein. Mehrere Menschen nahmen wohl das Geburtsereignis wahr. Es kamen Leute, die der Esel in ganz Bethlehem nicht gesehen hatte und sie halfen Maria bei der Geburt. Es schien ihm, als wären es dienstbare, himmlische Geister. Dann schlief auch er müde ein.

Später erfuhr der Esel von dem brummelnden Ochsen, dass Maria einen Sohn geboren, diesen in Windeln gewickelt und dann in seiner Futterkrippe auf Stroh gebettet hatte. Und wiederum sollte es dem Esel seltsam vorkommen, dass sich im Stall Hirten eingefunden hatten. Sie erzählten, dass sie auf freiem Feld von einem Engel von der Geburt des Heilands, welcher in diesem Stall zu finden sei, verständigt worden waren.

Er begab sich zur Futterkrippe hin, um sich selbst davon zu vergewissern, dass diese von dem Neugeborenen belegt war. Als er sich das Kind besah, ging von diesem eine unbeschreibliche Gnade aus: Der Esel glaubte zu spüren, dass Raum und Zeit verschwanden und nicht nur er, sondern auch die ganze Welt mit Liebe erfüllt wurde. Sämtlicher Hass gegenüber den Menschen, die ihn zeitlebens gepeinigt hatten, war mit einem Mal verschwunden. So sollte es zeitlebens auch für ihn bleiben. Diesem Kind musste wahrlich ein göttliches Wesen innewohnen.

Und weil die Volkszählung noch lange nicht abgeschlossen war und Josef noch Verwandte und frühere Gefährten besuchte, verblieben Josef und Maria mit dem Neugeborenen noch einige Zeit im Stall. Später besuchten noch drei merkwürdig gewandete Männer das Kind. Es waren Gelehrte, die aus verschiedenen Himmelsrichtungen gekommen waren und die gemeinsam ein Stern zum Stall geführt hatte. Sie brachten dem Kind Geschenke mit: Gold, Weihrauch und Myrrhe und sie bezeichneten das Kind als neugeborenen König.

Der Esel nahm später auch gewahr, dass Josef durch einen seltsamen Traum gewarnt wurde: König Herodes sei auf der Suche nach dem Neugeborenen und wollte diesem nach dem Leben trachten. Josef beschloss deshalb, nach Ägypten zu fliehen. Und auch der Esel fühlte sich als Beschützer des neugeborenen Kindes; er sah es als hohe Ehre an, einem neugeborenen König mitsamt seiner Familie bei der Flucht als Träger zu dienen. Stolz nahm er die leichte Last auf sich und trug Maria und das Kind sicher nach Ägypten.

Als Josef dann nach einiger Zeit hörte, dass Herodes gestorben sei, kehrte er mit seiner Familie nach Nazareth zurück. Wiederum trug der Esel Maria und den inzwischen herangewachsenen Knaben nach Hause. Der Eselshändler hatte die Kunde von der Heimkehr Josefs vernommen und war neugierig, wie es Josef mit dem Esel ergangen war. Er sah deshalb bei Josef vorbei und traute seinen Augen nicht. Vor ihm stand ein Esel mit glänzendem Fell und leuchtenden Augen. Wie er denn dieses Wunder zu Wege gebracht hätte, fragte der Händler. Josef aber gab ihm nur eine kurze, aber alles erklärende Antwort: "Liebe statt Hiebe!"

Sogleich wollte der Händler den Esel zurückkaufen und diesem rutschte das Herz fast ins Eselsfell. Josef aber lehnte den Verkauf entschieden ab: „Unser Esel hat uns gute und treue Dienste geleistet und ist uns lieb und teuer geworden. Er soll mir bei meiner Arbeit als Tragtier von Nutzen sein. Zugleich soll er, wie Du bereits siehst, meinem Sohn ein treuer Spielgefährte sein". Dabei deutete er auf seinen Sohn, der seine Arme liebevoll um den Hals des Esels geschlungen hatte und sich fest an ihn drückte. So zog der Händler erfolglos von dannen. Der Esel aber blieb der Heiligen Familie, von dieser geliebt und geachtet bis ans Ende seiner Tage.

Adventslichter

Sobald die erste Flamme
die Dunkelheit durchbricht
da wächst in uns die Sehnsucht
nach Geborgenheit und Licht.

Zwei Kerzen am Adventskranz:
Frohes Schauern ist erwacht
ach, lang' noch wird es dauern
bis hin zur Heilg'en Nacht.

Drei Kerzen am Adventskranz:
In's Herz schweift mancher Blick
ruft wehmütig Vergangenes
in's Kerzenlicht zurück.

Vier Kerzen am Adventskranz:
Die Herzen strahlen weit
und aus Kinderaugen leuchtet
die hohe Weihnachtszeit.

Vom hässlichen Tannenbäumchen

Im Haus des Bauern Huber ging es vor den Weihnachtsfeiertagen hektisch zu. Seine Frau und seine Mutter wienerten eifrig die Böden; ebenso eifrig brachten sie die Fensterscheiben auf Hochglanz. Kein Stäubchen durfte sich mehr darauf befinden, sollte doch das Christkind am Heiligen Abend eine saubere Wohnzimmerstube vorfinden. Wehe, es kam ihnen eines der Kinder in die Quere, es wurde strikt und mit heftigen Worten des Hauses verwiesen. Sie sollten doch ins Freie laufen und dort spielen.

Dabei sollte es doch selbstverständlich sein, wenn sich die Kinder aus reiner Neugier und um der kommenden Geschenke willen immer wieder ins Haus wagten, ob sie denn nicht doch einen Blick auf das Erwünschte erhaschen könnten. Doch es half alles nichts: Ein weiterer Hausverweis wurde ausgesprochen.

Lediglich die seit Geburt schwer gehbehinderte Marie durfte im Haus verbleiben. Sie saß im warmen Wohnzimmer am Tisch und bastelte allerlei Figuren, die sie am Christbaum aufhängen wollte. Wie es aber bei den Hubers üblich war, wurde der Christbaum erst am Tag des Heiligen Abends aus dem eigenen Wald geholt. Der Vater rief also die vor dem Haus spielenden Kinder zusammen, um ihnen mitzuteilen, dass nun der Christbaum aus dem Wald geholt werden sollte. Marie vernahm die lauten Rufe des Vaters, öffnete ein Fenster und rief nach draußen, dass auch sie mitgehen wolle.

Mutter war strikt dagegen; wie sollte sich Marie im frisch verschneiten Wald bewegen können? Der Vater aber wusste Rat:

„Ich setze Marie auf meine Schultern, zum Wald ist es eh nicht weit und frische Luft hat noch keinem geschadet. Das Werkzeug werden ihre Brüder mitnehmen." Es bestand allgemein Einverständnis mit diesem Vorschlag und schon ging es los. Im Wald angekommen, machte sich jeder eifrig auf die Suche nach dem ihm seines Erachtens schönsten Christbaum.

Schon aber lästerte einer der Brüder über eine verkrüppelte und schief gewachsene kleine Tanne, die sich inmitten einer Waldlichtung fast unscheinbar ins hohe Gras nieder duckte. So als würde sie sich fürchten oder gar ihres Aussehens wegen schämen. Ich werde diesen Baum ganz einfach umschneiden, rief einer der Brüder, der die Säge trug. „Die Tanne ist schief gewachsen und verkrüppelt und wird niemals ein schöner Baum werden. Vor allem aber ist sie völlig nutzlos!" Als der Bruder gar die Säge ansetzte, um das Bäumchen umzuschneiden, rief ihm Marie zu, er solle es doch stehen lassen. Der Bruder blickte verwundert zum Vater, dem Marie gerade einige Worte ins Ohr flüsterte. Vater nickte eifrig und sah zum Bruder hin: „Lass das Bäumchen stehen, es hat keinem etwas zuleide getan, außerdem kann es nichts dafür, dass es so unansehnlich gewachsen ist!"

Alsbald hatte die Familie eine Tanne gefunden, der es ihrer Meinung nach wert war, ein würdiger Christbaum zu sein. Stolz brachten die Kinder diesen Baum nach Hause; das verkrüppelte Bäumchen war längst vergessen.

Am Nachmittag des Heiligen Abends, schlüpfte Marie, rittlings auf den Schultern Ihres Vaters sitzend, noch einmal aus dem Haus. Kurz vor Einbruch der Dunkelheit kehrten beide wieder zurück zum Haus. Aus Vaters und Maries Gesicht war ein inneres Strahlen zu ersehen, doch keiner der beiden gab den Grund für diese Leuchten preis. Wie zu erwarten war, erfüllte das Christkind bei der Bescherung die Wünsche der Huberkinder, die später glückselig dem Weihnachtsmorgen entgegenschliefen. Das üppige Mittagessen am Weihnachtsfeiertag verlangte dann nach einem kleinen Spaziergang, der sich „rein zufällig" wieder in Richtung Wald bewegte. Die Buben sprangen hin und her, um der Mutter den Platz zu zeigen, an dem sie den diesjährigen Christbaum gefunden hatten.

Als sie aber an die Lichtung kamen, wo das hässliche Tannenbäumchen gestanden hatte, bekamen sie große Augen: Das kleine, verkrüppelte Tannenbäumchen war über und über mit glitzernden Christbaumkugeln und Figuren und Bändern behängt und strahlte als Christbäumchen mit dem sonnig beschienenen, flirrenden Schnee um die Wette.

Und war wohl zum schönsten Bäumchen im Wald geworden.

Der verlorene Adventszauber

In einer Stadt wie überall auf der Welt begab es sich, dass sich
ein alter Mann während der Adventszeit auf die Suche nach dem
Adventszauber machte. Der alte Mann trug noch den Adventstraum seiner Kinderzeit in sich und glaubte, diesen verloren zu
haben; so wollte er sich seinen Adventstraum wieder in Erinne-
rung rufen. Doch wohin der alte Mann in der Stadt auch kam:
Sämtliche Straßen waren hell erstrahlt, grelle, gefüllte Schaufens-
ter leuchteten mit den Marktbuden und dem ganzen glitzernden
Tand um die Wette und aus den Kaufhäusern erklang weihnacht-
liche Musik, die jedoch niemand beachtete.

Die mit vollen Taschen beladenen Leute drängelten den Alten
hektisch durch die Einkaufsstraßen und schoben ihn durch die
überfüllten Budengassen, vorbei auch an Gasthäusern und Steh-
plätzen, in denen die Menschen sich eine kurze Verschnaufpause
erhofften und vorbei auch an offenen Kirchentüren, die zu kurzer
Besinnung einluden. Der Alte schüttelte verwundert den Kopf.
Was war das für eine Adventszeit, in der die Menschen trotz des
weihnachtlichen Anscheins nicht mehr zur Ruhe kommen konn-
ten?

Dabei dachte er an seine eigene Kinderzeit zurück. Seine Eltern
waren nicht reich gewesen, jede Münze wurde vor dem Ausgeben
noch drei Mal umgedreht. Doch was herrschte bei den adventli-
chen Spaziergängen der Familie immer eine stille und heimliche
Vorfreude.

Und erst zu Beginn der Adventszeit roch es im Haus nach frisch-
gebackenen Plätzchen; der Nikolaus aber brachte Äpfel, Nüsse
und einige langersehnte Lebkuchen. Die Mutter aber versteckte
die übrigen Plätzchen und gab sie erst am Heiligen Abend zu den

wenigen Geschenken, die unter einem kerzenerhellten Christbaum lagen, preis. Das Evangelium von der Geburt Christi wurde noch vor dem Christbaum gelesen und anschließend sang die Familie, sich an den Händen haltend, das Lied der stillen Nacht. Und sie waren damals zufrieden, denn es herrschte Liebe und Eintracht in der Familie, trotz des Wenigen, was man besaß.

Heute aber schien es ihm, dass im Zeichen des Überflusses die ersten Nikoläuse, Weihnachtsmänner und Lebkuchen schon Mitte des Monats Oktober in die Regale der Kaufhäuser gestellt wurden; im Fernsehen wurde die Werbung schon ab Anfang November nicht mehr müde, den Menschen Dinge anzupreisen, deren sie gar nicht bedurften. Und am Weihnachtsabend, gleich nach der Bescherung, flohen nicht wenige Kinder aus dem Haus, um mit Freunden die so genannten x-mas -Weihnachtpartys zu feiern.

Vor lauter Nachdenken bemerkte der Alte gar nicht, dass man ihn einfach weitergeschoben hatte. Er fand sich unversehens in einer ihm aus seiner Kinderzeit bekannten Gasse wieder, die abseits der lärmenden Zone ein stilles Dasein führte. Wie wohl ihm diese Ruhe tat; kein Lärm, keine Hektik, kein Gedränge, nur Beschaulichkeit. Die Gasse wurde von kleinen Lichtern erleuchtet, die aus den Fenstern der Häuser grüßten. Familien mit Kindern verweilten auf der Gasse; die Kinder hüpften froh und heiter umher. Dabei geschah es, dass ein kleines Mädchen aus Versehen an ihn stieß und ihn mit leuchtend großen Augen und einer kälteroten Nasenspitze erschreckt ansah.

Er lächelte und beugte sich zu dem Kind nieder: „Ich habe Dich wohl übersehen, kleine Prinzessin?" Das Mädchen lächelte schüchtern zurück und ließ mit einer Antwort nicht auf sich warten: „Ich bin keine Prinzessin und ich war schuld. Ich habe getanzt, weil ich mich auf das Christkind freue, das bald kommen wird."

„Was denn, Du freust Dich noch auf das Christkind?", fragte der Alte erstaunt. „Und was wünscht Du Dir denn von ihm? Worauf das Mädchen antwortete: „Ich wünsche mir eine kleine Puppe oder ein Stofftier zum Spielen. Ich weiß aber nicht, ob das Christkind meinen Wunsch erfüllen wird. Papa sagt, dass das Christkind den Weg in unser Haus nicht finden kann, wir sind nämlich eine ganz große Familie".

Das kleine Mädchen hielt dabei die Hände hoch und bewegte alle zehn Finger: „Ich habe noch sooooo viele Geschwister. Und alle wünschen sich etwas vom Christkind!".

Der Alte lächelte das Mädchen an und erwiderte: „Ich bin mir ganz sicher, dass das Christkind auch Euch besuchen und den einen oder anderen Wunsch erfüllen wird!" Da sprang das kleine Mädchen freudestrahlend davon. Die Augen des Alten aber begannen zu leuchten, denn er wusste, dass er seinen verloren geglaubten Adventszauber wiedergefunden hatte. So beschloss er frohen Herzens, am nächsten Tag als Helfer des Christkinds in diese Gasse und zum Haus des Mädchens zurückzukehren.

Nußknacker's Weihnacht

Von hinten auf dem Speicher droben
hab' ich ihn hervorgeklaubt
‚nen Nussknackmann, er war verschroben
ganz bleich und ganz verstaubt.

Ich hab' ihn gesäubert und poliert
er sah trotzdem komisch aus
ich erkannte, hab's kapiert
sein Unterkinn hängt raus.

Ei potzeblitz, stockschwerenot
das Kinn hing los ihm d'ran
ganz klarer Fall, potz sapperlot
dass der nichts beißen kann!

So hab sein Kinn ich repariert
er trug trotzdem trauriges Geschau
ich sah in an und hab kapiert:
Dem fehlt ja eine Frau!

So hab' ich ihm 'ne Frau gekauft:
sie war hübsch und mollig rund
ich hab' sie „Dolly Drops" getauft
die mit dem Kirschenmund.

Da hat sich der Nussknack' aufgebläht
und fürchterlich geglotzt
hat seinen Schnurrbart aufgedreht
und furchtbar sich geprotzt.

Ei potzeblitz, ei klackekrax
hopphollerdü, hopplix
man hörte nur noch knix und knax
nussknacke und nusskrix.

Grad eifrig tat er, der Charmeur
mit Namen „Don Fagott"
drei Dutzend Nüss' zerkrachte er
für sie zu Nusskompott.

Nun halten sie sich bei der Hand
und strahlen frischverliebt
weil es im Weihnachtswunderland
noch solche Märchen gibt.

Des Christkinds Schlummerdecke

Als die Hirten in jener Nacht vom Engel die Botschaft erhielten, dass der Erlöser geboren worden sei, schickten sie sich sogleich an, das göttliche Kind zu besuchen. Sie waren arm, und das wenige was ihnen gehörte, trugen sie als Kleidung am Leib. Dennoch aber suchten sie zusammen, was man denn einem neugeborenen Kind und seinen Eltern zu schenken vermochte.

Da fanden sich schnell eine hölzerne Kinderrassel und für die Eltern Schafskäse, Ziegenmilch und ein frischgebackenes, köstlich duftendes Fladenbrot. Mit diesen wenigen Habseligkeiten machten sie sich sodann auf den Weg zum Stall, in dem das Kind geboren sein sollte.

Die Kunde von der Geburt des Kindes ging rasch umher. So vernahm dies auch eine alte, alleinstehende Witwe. Auch sie war arm, doch sie war's zufrieden, weil der Schöpfer sie mit einem langen Leben beschenkt hatte. Sie selbst war kinderlos geblieben und so wurde sie von dem neugeborenen Kind magisch angezogen.

Doch wie sollte sie ein Geschenk mitbringen, da sie sonst nichts besaß? So besann sie sich freudig eines Wollknäuels, das sie als ihren kostbarsten Besitz für Notzwecke aufgehoben hatte. Mit leuchtenden Augen und zittrigen und steifen Fingern begann sie eine Decke zu häkeln; die ganze Nacht hindurch und noch einen Tag und sie wurde nicht müde, bis diese, eine Schlummerdecke sollte es werden, fertig war.

Dann begab auch sie sich zum Stall, in dem das Kind in der Krippe lag. Sie überreichte der gütig blickenden Maria ein Behältnis, in dem sich die Decke befand und sprach dazu, als wollte sie sich entschuldigen: "Ich habe eine Decke gehäkelt für das Kind, damit es nicht friert."

Die anwesenden Hirten stießen sich gegenseitig an und lachten: "Eine gehäkelte Decke, deren Maschen wahrscheinlich so groß waren, dass man einen Hirtenstab hindurch stecken konnte. Wie sollte eine solche Decke denn gar das Kind vor Kälte schützen?"

Wie aber erstaunten die Hirten und die Alte, als Maria die Decke dem Behältnis entnahm, war doch zwischen den grobmaschigen Häkelmaschen allerfeinstes silbriges und goldenes Gespinst eingewoben! Maria breitete die glitzernde Decke freudig über ihr Kind, wobei dieses sich behaglich in die Decke einlullte und dabei die die alte Frau liebevoll und wissend anblickte.

Die Hirten aber rieben sich verwundert die Augen. Nachdem die Alte gar das Kind noch in ihren Armen wiegen durfte, kehrte sie glückselig nach Hause zurück. Als sie nun nach Zeit und Tag von ihrem Schöpfer in die Ewigkeit abberufen wurde, trug man sie aus ihrer kargen Hütte hinaus. Doch war's ein Wunder? In ihrem alten Gesicht lag ein Lächeln von überirdischer Schönheit, so, als ob sie von jenem Moment träumte, da das Christkind an der gehäkelten Schlummerdecke ein Wunder vollbracht hatte.

Wundersame Weihnacht

Nun sinkt die Nacht hernieder
so still und wundersam
als klängen leise Lieder
wie man's noch nie vernahm.

Und wie die Sterne funkeln
so hell und wundersam
so tröstend aus dem Dunkeln
wie man's noch nie vernahm.

Wie's aus dem Stillen flüstert
so froh und wundersam
von überall es wispert
wie man's noch nie vernahm.

Und überall ein Raunen
so wundersam und zart
und überall ein Staunen
als sich das Christkind offenbart.

Von der Mitternachtskrippe

Es ist zwölf Uhr Mitternacht in einem zwar festlich geschmückten, wohl aber auch wegen des herumliegenden Geschenkpapiers auch einem etwas verwüsteten Weihnachtszimmer. Die Familie, bestehend aus Vater und Mutter sowie aus einem Sohn und einer Tochter, hat sich gerade vorhin zu Bett begeben, satt und müde vom Essen und Trinken oder auch gesättigt von den Geschenken, die das Christkind unter den Christbaum gelegt hatte. Als um Punkt zwölf Uhr Mitternacht der Schlag der Kirchturmuhr zu hören ist, sind aus der Krippe Geräusche zu hören.

Die Figuren in der im Wohnzimmer aufgestellten Weihnachtskrippe beginnen sich zu bewegen. Ochse und Esel schütteln sich, dann tapsen beide zwar noch etwas steif, aber hungrig zum Futtertrog, der sich wie ein Wunder täglich neu füllt, und beginnen genüsslich am frischen Heu zu knabbern und das Lagerfeuer beginnt zu flackern und zu knistern. Das Christkind in der weich gepolsterten Krippe lässt ein ungeduldiges Greinen von sich hören, so dass sich die Heilige Maria sofort nieder bückt, um ihr Kind aus der Krippe zu nehmen. Sie drückt das Christkind zärtlich an sich und beginnt es zu stillen. Der Heilige Josef dehnt ebenfalls seine steifen Glieder, dann streichelt er zunächst dem Christkind liebevoll über die Wange und sagt nur:" Duzi, duzi". Dann umarmt er seine Frau Maria und freut sich: „Ach wir drei!" Und in diesen wenigen Worten liegt sein ganzer Vaterstolz. Dann sucht Josef für seine Frau und sich in der Krippe nach etwas Essbarem. In der glucksenden Quelle, die bei der Krippe nebenan ebenfalls um Mitternacht zu sprudeln begonnen hat, stillen sie ihren Durst.

Josef besieht sich dann kauend das im Zimmer herrschende Chaos, in dem es nach Glühwein und Tannennadeln duftet. Nachdem er den letzten Bissen mit Wasser hinuntergespült hat, setzt er zum Reden an: „Schau nur hin Maria, was ist das für ein Durcheinander, nichts ist mehr aufgeräumt, es sieht aus, als ob eine römische Legion von Kaiser Augustus durch das Zimmer gefegt ist." Maria aber kennt ihren Josef, dem nichts mehr zuwider ist, als eine Unordnung. „Ach Josef" sagt sie, die Unordnung ist doch auf die Freude beim Auspacken der Geschenke zurückzuführen; im Innern eines Paketes verbirgt sich immer ein Geheimnis. Da nun dieses Geheimnis dem Paket entrissen wird und die Geschenke dann geöffnet sind und so die Wünsche des Beschenkten erfüllt werden, da gibt es doch einen Grund, vor Freude die Hände samt dem Papier in die Höhe zu werfen!"

Der Heilige Josef brummelt ein wenig, was wohl wie eine Zustimmung klingt. „Aber sieh' nur Maria, was die Kinder nur für seltsame Geschenke bekommen haben. Sie glänzen wie Silber, es leuchtet und es ertönt daraus Musik und es sind andere Leute zu hören, die gar nicht im Zimmer sind. Ich habe auch Bilder gesehen, die laufen! Und nun haben die Kinder ihre

Geschenke achtlos liegen lassen. Ist das denn Dankbarkeit?"

Maria entgegnet ihm, dass die Kinder nur müde waren und es morgen auch wieder Zeit gibt, sich über die Geschenke zu freuen. „Ach Josef" sagt sie, „es sind doch gute Kinder, hast Du es denn nicht bemerkt, wie sie uns mit leuchtenden Augen in unsere Weihnachtskrippe stellten. Ist das denn nicht gar ein Wunder, dass wir in ihrem Krippenstall übernachten dürfen? Und überhaupt, es ist noch ein viele größeres Wunder, wenn nicht das größte Wunder überhaupt: „Gott hat uns seinen Sohn geschenkt. Das ist doch das größte Geschenk, das er der Menschheit und uns beiden jemals anvertraute! Darüber verblassen doch alle weltlichen Geschenke!"

Der heilige Josef wird still, weil er weiß, dass Maria die Wahrheit sagt. Er bittet Gott innerlich um Verzeihung, dennoch aber liegt ihm noch eine Angelegenheit auf der Zunge, weil er der Versuchung der leuchtenden Gegenstände nicht ganz widerstehen kann: „Maria, stell Dir vor, wir, alle Menschen unserer Zeit hätten auch so ein glänzendes Ding mit laufenden Bildern und mit der Möglichkeit, sich mit Leuten aus allen Erdteilen zu unterhalten." Und Josef schwelgt laut in dem Gedanken, dass auch Kaiser Augustus und sein Volk und auch er selbst und später gar sein Sohn sich mit der ganzen Welt verständigen könnten.

Doch Maria holt ihren Mann wieder sanft in die Gegenwart zurück: „Nicht umsonst hat Gott seinen Sohn zu unseren Zeiten auf die Welt kommen lassen; wie würde denn sein Leben verlaufen, wenn er mit solchen Dingen behaftet den ihm von seinem Gottvater vorbestimmten Weg gehen müsste?"

Josef bestaunt innerlich die Weisheit seiner Frau Maria und die Weisheit Gottes und wird still. Und da die Heilige Mitternachtsstunde sich dem Ende nähert, legt die Heilige Maria das schlafende Christkind wieder in die weiche Futterkrippe. Dann stellen sie und Josef sich wieder zu ihrem Kind und Ochs und Esel trotten gesättigt zu ihren Schlafplätzen. Und als um ein Uhr der Schlag der Turmuhr zu hören ist, versiegt die vorhin noch fröhlich sprudelnde Wasserquelle und auch das Lagerfeuer fällt in sich zusammen und erlischt.

Die Kinder aber, die am nächsten Morgen als erstes nicht zu ihren Geschenken, sondern zur Krippe hinlaufen, reiben sich verwundert die Augen: Da musste sich doch wohl jemand in der Nacht an den Krippenfiguren zu schaffen gemacht haben, weil die Figuren in der Krippe nicht mehr ganz so direkt, sondern ein wenig verdreht an einem Platz stehen, an dem sie gestern gar nicht gestanden hatten.

Zeitenlauf

Die Zeit liegt wieder
in den Wehen
ein neues Jahr
erblickt die Welt
es wird kommen
und vergehen
wie es dem
Zeitenlauf gefällt.
Denn die Sonne steigt
und sinkt hernieder
dem Dunkel folgt
die Helligkeit
nach Regen scheint
die Sonne wieder
wie es ist
seit Anbeginn der Zeit.

Zeitfracht Medien GmbH
Ferdinand-Jühlke-Straße 7
99095 Erfurt, Deutschland
produktsicherheit@kolibri360.de